KB176447

성연 시인선 15

살아있는 것은 왜 뜨거운가

김세홍 제2시집

도서
출판 성연

시인이 별을 보는 이유는
신의 존재와 우리의 삶의 의미를 깨닫기 위해
보는 것이 아닐까
시인의 눈은 따뜻해야 한다.
길섶에 이름 없는 풀꽃 한 송이의
여린 숨결을 어루만질 줄 아는
따뜻한 마음으로 시 한 줄 쓰고 싶다

2024년 1월 김세홍

시인의 말 • 3

차례 • 4

1부. 별이 빛나는 밤에

낙조 • 14

책갈피 • 15

선행 • 16

낙엽 • 17

시낭송가에게 바치는 시 • 18

보리 • 19

제재소 오동나무 • 20

산막집 • 21

마우니로아 • 22

동짓달 • 23

별이 빛나는 밤에 • 24

동백꽃 2 • 26

들국화 • 27

늦가을 • 28

대나무 좌우명 • 29

겨우살이 • 30

코스모스 • 31

나비의 꿈 • 32

아이들에게 • 33

봄비 • 34

눈부처 • 35

2부. 새들이 사는법

저녁노을 • 38

사회적 거리두기 • 39

깊은 바다 • 40

기러기 • 41

시 • 42

홍시 • 43

어머니의 고해소 • 44

단풍 • 45

낙엽 떠나는 길 • 46

누에 • 47

코로나 19 • 48

얼음새꽃 • 49

나무에 대해 • 50

사랑과 이별 • 51

단풍2 • 52

끽다거(喫茶去) • 53

매미에게 • 54

새해기도 • 55

여행이란 • 56

새들이 사는 법 • 58

진주 기생 봉순이 • 60

숲 • 61

내인생의 가을 • 62

백로 • 63

3부. 산수국

입춘 • 66

종소리 • 67

꽃을 사랑하는 사람 • 68

가을산 • 70

봉숭아 • 71

팽이 • 72

우린 어느 별에서 만났기에 • 74

사월바다 • 76

냉이꽃 • 77

쌍가락지 • 78

가을밤 • 79

상강 • 80

별의 작별인사 • 81

풀뿌리의 힘 • 82

꿈길 • 83

그대, 가을강변에 가 보았는가 • 84

11월의 장미 • 85

어머니의 18번 • 86

직선 • 87

마추픽추 • 88

가을 강물 같은 친구 하나 있었으면 • 90

산수국 • 91

것은 왜 뜨거운가

4부. 첫눈

꽃씨 • 94

해머오키드 • 95

살아있는 것은 왜 뜨거운가 • 96

굳은살 • 98

돌의 묵언수행 • 99

진주 • 100

목련 • 101

낡은 의식을 깨고 • 102

우리가 바위라면 • 103

폼페이 최후의 날 • 104

끌림의 물리학 • 106

홍제 백일장 • 107

상사화 • 108

소낙비 내리는 여름밤 • 109

담쟁이 2 • 110

단풍 • 111

첫눈 • 112

홍단풍 • 113

민들레 홀씨 • 114

단풍잎 • 115

작은 나눔 • 116

희나리 • 117

가람이 바다로 흐르는 까닭 • 118

5부. 눈썹달(동시)

첫 걸음마 • 122

무지개 꽃다발 • 123

눈썹달 • 124

비밀 • 125

아이스케이크 먹는 여름 • 126

맛있는 생선 • 127

몸짓으로 발하는 나무 • 128

별똥별 • 129

세뱃돈 • 130

천행이었습니다 / 윤형돈 • 131

8 | 사랑이라는 것은 왜 뜨거운가

6부. 시 해설

만화적인 상상력과 궤도에 오른
시 인지 감수성 • 134

▲ 그림: 순천만 낙조(월당 백동칠 화백)

낙조

해가 지는 바다는
무슨 곡조가 그리 많아 온통 핏빛인가

목숨 줄 끊어지듯 절규하는 태양
가차 없이 목을 죄는 시간 속에
바다는 멍든 눈 흘김으로
파르라니 일어섰다 부서진다

이별은 아름다워야 한다고
천만번 이마를 부딪쳐 절벽을 깎는 거라고

낙조는 몸을 불살라
땅거미 속으로 사라진다.

1부

별이 빛나는 밤에

01 | 낙조

02 | 책갈피

03 | 선행

04 | 낙엽

05 | 시낭송가에게 바치는시

06 | 보리

07 | 제재소 오동나무

08 | 산막집

09 | 마우나로아

10 | 동짓달(시조)

11 | 별이 빛나는 밤에

12 | 동백꽃 2)

13 | 들국화

14 | 늦가을

15 | 대나무 좌우명

16 | 겨우살이

17 | 코스모스

18 | 나비의 꿈

19 | 아이들에게

20 | 봄비

21 | 눈부처

낙조

해가 지는 바다는
무슨 곡조가 그리 많아 온통 핏빛인가

목숨 줄 끊어지듯 절규하는 태양
가차 없이 목을 죄는 시간 속에
바다는 멍든 눈 흘김으로
파르라니 일어섰다 부서진다

이별은 아름다워야 한다고
천만번 이마를 부딪쳐 절벽을 깎는 거라고

낙조는 몸을 불살라
땅거미 속으로 사라진다.

책갈피

금수저로 태어나
흙을 밟아본 적이 없습니다

높은 곳에서 풍경소리나 들으며
아래를 내려다보며 살았습니다
가을에 파산선고 받았습니다

겉만 번지르르한 나에게
책 좀 읽으라고
시집 책갈피에 끼워졌습니다

앞뒤가 캄캄합니다

선행

옛날 만석꾼은
저물녘이면 마을이 훤히 내려다보이는 뒷산에 올라
초가 굴뚝에 흰 연기가 피어오르지 않는 집에는
먹을 양식이 떨어진 줄 알고
곳간을 열어 양식을 내어주었다고 하는데

올해에도 연탄 한 장 보태는 작은 온정의 손길들이 모여
얼어붙은 세모를 녹였으면

낙엽

검버섯, 빛바랜 상처, 벌레 먹은 구멍 숭숭
한 해 살면서 몇 번 오려낸 수술 자국
갈바람에 하늘거리던 몸짓
너를 떠나온 길목에 버려진 삶의 조각들

더욱 애달픈 것은
하루하루 말라간다는 것
이젠 너의 체온이 잊힌다는 것

처음인 듯
또 새날은 오고
빈 들녘 상처를 덮는 첫눈

사랑송가에게 바치는 시

천사의 음성으로 시를 노래하는 이여

높은 산정에 서서
하늘을 향해 노래하는 새처럼 시를 노래하는 이여

바다 위를 향해 날아가는 갈매기처럼
우리의 마음도 바다 위로 떠 오르게 하는 이여

우리의 마음이 때로는 힘겨워도
위로받고 풍성하게 하는 이여

그대들이 아니라면
시각장애 우가 어찌 시를 보리
청각장애 우가 어찌 시를 들으리

그대들이 아니라면
책장 속에 잠들어 있는 주옥같은 시를 누가 깨우리

보리

추수 끝난 산비탈 다랑논
내년 곤궁기 보릿고개 넘으려면
또다시 보리 씨를 뿌려야 한다

모진 한파 속 싹을 틔운 파란 보리
꽃샘추위 속 서릿발 부풀어 오른 보리밭
밟을수록 뿌리 활착하며 영글어지는 생명력

헐벗고 굶주리며 가난에 찌들었지만
보리떡 쪄서 이웃과 나누며
함께 넘던 보릿고개

제재소 오동나무

몸통이 잘려 껍질이 썩은 오동나무 하나
제재소 기계톱 위에 올려져 있다
재단사가 전원 켜자 기계톱 굉음 내며
백 년 묵은 오동나무 생애 세로로 켠다

밤에 자단의 무지개 보는 것처럼
나이테 무늬가 선명하다
한때 저 몸속에서도 보라빛 꽃을 피우고
초록 잎사귀로 그늘 짰을 것이다

나의 삶도 오동나무 관棺이 삭으면
후손들에 의해 제재소 오동나무처럼 삶이 켜질 것이다
그때 내 몸에도
자단의 나이테 무늬가 박혀 있을까

산막집

이 세상 길 잃고 헤매던 사람들 찾아와 며칠씩 머물다 떠나던 집
아랫목 냉골 되어도 아궁이에 마른 장작 몇 개 넣어 주면
구들장 온기가 뼛속까지 전해오던 집
산마루 고갯길 넘다 지친 바람도 쉬어가던 집
밤이면 가난한 노숙 별 찾아들던 집
눈 내린 길 위에 새 발자국 하나 찍히지 않던 집
낡은 처마 끝에 매달린 풍경소리 그리운 집
주렴 너머 들 창가로 별들이 쏟아지던 집

마우나로아

이마가 불덩이다
끌어당겨도 오지 않는
안드로메다 어느 처녀 별을 사랑하는 걸까
심장 피가 솟구친다
살과 뼈를 녹여 지축 흔든다
참았다 쏟아버린 분노인가
마우나로아 * 화산이 폭발한다.

*마우나로아:하와이에 있는 높이 4,170m, 길이 120km, 폭 50km인 가장
  큰 활화산

동짓달

찬비에 지는 잎 골마다 쌓일 적에
서리 까마귀 떼지어 날아간 빈 하늘
앞 강에 달이 차니 여기가 주란화각朱蘭畵閣
바람벽 창을 닫고 달빛 베고 누우니
섬돌 아래 서리꽃만 까닭 없이 피는구나

별이 빛나는 밤

- 빈센트 반 고흐-

네덜란드 어느 작은 마을
집들에 불이 꺼지면
낮에 보이지 않던 달과 별들이 모습을 드러낸다

칠흑 같은 밤하늘은
강렬한 보라, 노랑, 풀색을 머금은
달과 별 끌어안는다

오래된 숲의 선들처럼 뒤틀린
큰 사이프러스 나무 한 그루
하늘 향해 불타오르며
깊은 시간에서 깨어난다

어느 날
자기 귀를 잘라 매춘부에게 주고
제 발로 걸어 들어간 생 레미의 생폴 정신병원
거기서 본 수많은 아이리스꽃과 사이프러스 나무와

별이 빛나던 밤
부서지기 쉬운 영혼을 가진 그가
까마귀들만 가득한 인적 드문 벌판을 바라보며
권총으로 죽은 뒤에도
강렬한 색채로 영혼을 달래는
별이 빛나는 밤

동백꽃 2

겨울도 끝이다 싶어 무작정 남해로 향했다

거기엔 동안거 끝낸 노스님 화두같이

붉은 동백이 툭툭 지고 있었다

남해에 노을이 붉게 물들었다

들국화

그대,

어찌 가을이라 하는가

내겐,

꽃 피고 새 우는 봄이거늘

늦가을

낙엽 진 빈 가지 사이로

담을 넘듯 별들이 창을 넘어오는 밤

그리움은 더 먼 쪽을 보기 위해

몸을 내밀어야 한다.

대나무의 좌우명

바람에 맞서지 않을 것
작은 바람에도 함께 휘어지며 공명으로 울어 줄 것
살찌지 않을 것
뼈만 남겨두고 속을 비울 것
나이 들수록 더욱 단단해 질것
뼈가 시린 고독의 시간 속에 있을 것
푸른 정맥의 피가 붓끝에 닿을 때까지
꺾이지 않는 절개 하나로 서 있을 것

겨우살이

모두가 '이젠 끝났다'라고 할 때
'끝나도 끝난 것이 아니다'라고 하는 이가 있다

모든 이들이 열매와 잎 버리고 침묵으로 겨울잠 잘 때

홀로 차가운 겨울바람 맞으며
나무 등걸 아득한 곳에서
희망의 푸른 싹을 틔우는 이가 있다

일생 발 딛고 일어설 땅 한 평, 바람막이 움막 한 칸 없이
한 철 셋방 더부살이 삶 살아도
'희망은 절망 끝에 피는 꽃이다'라고 하는 이가 있다

코스모스

우린 모두 코스모스에서 왔으며
우린 모두 코스모스로 돌아간다.

우린 모두 코스모스라는 찬란한 밤하늘에 떠다니는
한 점 티끌에 불과하다

그러나 우린 살아 있는 한
밤하늘 별 보며 꿈꾸는 존재다
하루하루가 아름답고 소중하다

칼 세이건 '코스모스" 인용

나비의 꿈

아이의 꽃잠 속에 날아든 나비

아이의 꿈 먹고

무슨 꽃 피울까

아득히 날아가던 유년의 날개여

아이들에게

너희들은 작은 신비의 새싹
너희들은 우리가 잃어버린 웃음 간직하고
너희들은 가르쳐주지 않아도 새들이 어떻게 비상하는지
알고
너희들은 입술로 꽃과 별 만들 줄 알며
너희들은 어느 초신성에서 온 맑은 영혼

그러나 슬프게도 우리는
티 없이 맑은 너희들의 영혼 보지 못하니...

봄비

잠든 들판에 내리는 빗방울 하나, 둘....
얼음 박힌 길 녹아든다

양철지붕 때리는 세찬 빗방울들
배 늘어진 황소 흔들어 깨운다

비에 젖은 앙상한 나무들
이름조차 잊힌 사랑 찾아 나선다

메마른 가슴에 떨어진 빗방울 하나, 둘....
유선샘에 젖이 돈다

눈부처

함박눈이 펑펑 쏟아지는 아침
골목 모퉁이에 누가 만들어 놓았을까
눈썹은 숯검정요
코와 입은 삐뚤어진 눈부처
가부좌하고 앉아 있다

골목에는 세상 밖으로 나가는 사람들과
집으로 돌아오는 사람들의 발자국
눈길 위에 어지럽게 찍혀 있다

'세상은 홀로 왔다가 홀로 가는 것이다'라고
눈부처 지그시 눈 감고 묵언수행 중이다.

| 2부 |

새들이 사는 법

01 | 저녁노을

02 | 사회적 거리두기

03 | 깊은 바다

04 | 기러기

05 | 시

06 | 홍시

07 | 어머니의 고해소

08 | 단풍

09 | 낙엽 떠나는 길

10 | 누에

11 | 코로나 19

12 | 얼음새꽃

13 | 나무에 대해

14 | 사랑과 이별

15 | 단풍 2

16 | 끽다거(喫茶去)

17 | 매미에게

18 | 새해기도

19 | 여행이란

20 | 새들이 사는 법

21 | 진주 기생 봉순이

22 | 숲

23 | 내인생의 가을

24 | 백로

저녁노을

초례청 * 신부

첫날밤 부끄러워

볼이 붉다.

초례청 : 우리나라 전통적으로 혼례를 치르는 장소

사회적 거리두기

지구가 23.5도 기울어져
봄, 여름, 가을, 겨울 온다는데
코로나19는 기침 좀 했더니
일상이 기울어졌다
식당, 선술집, 문화공연장도 쥐 죽은 듯 조용하다
방역 당국은 발길 끊으라 하고
사람들은 마스크로 얼굴 가렸다
이별하기 좋은 스산한 가을밤
배롱나무 붉은 꽃잎 파르르 떨고 있다

깊은 바다

파랑은 숨죽인 고요
눈 없는 물고기
촉수로 물밑 캄캄한 세상 더듬는다

고요가 고요를 찾아가듯
이곳에
별 하나 뜨지 않고
너의 음성은 뭍으로 가 부서진다

태초의 말씀조차 빛으로 닿지 않는
이곳엔 바람조차 잠들었다

이곳은
어둠뿐

기러기

깃털 하나 없는 작고 연약한 몸으로 태어나
비바람, 혹한의 추위 속에서도
꿈을 향한 고단한 날갯짓 멈추지 않고
세상 탐험하던 탐험가

겨울이면 시베리아 벌판 떠나 먹이 찾아 수만 리 여정을
찬 서리 물고 겨울 하늘 집시처럼 떠돌며
부부로 한 번 맺은 인연 평생 변치 않고 함께하는
자유로운 영혼의 소유자

시

첫 문장은 신이 내려준다는 너,
전두엽 내려치는 번개
잡힐 듯 잡힐 듯
잡으려 하면 사라지는 산마루에 걸린 무지개
등뼈가 휘도록 살아도
알 수 없는 허공의 세계
결코 몸 허락하지 않는 너는
헐벗은 성자

홍시

검버섯 핀 손과 뺨
가을걷이 끝난 황량한 들녘
허기진 새들에게 몸 보시하는 보살
감나무 그늘 수심 깊어갈 때
감잎에 물드는 오방색 단풍
집도 절도 아닌 텅 빈 하늘
감나무 끝에 매달린 만다라

어머니의 고해소

정월 생일날 새벽
어머니가 장독대 위에 정화수 한 사발 올려놓고
천지신명님께 빌고 있었다

죄는 내가 짓고
자식의 죄를 뒤집어쓴 어머니

장독대는 식구들의 안위를 바라는
어머니의 고해소

단풍

향기 없어도 괜찮다

가을 산 수놓은

뜨거운 열정만으로도

너는,

꽃보다 아름답다.

낙엽 떠나는 길

오늘,
바람 불어 죽기 좋은 날
여기저기 벌레 먹은 수의 한 벌 걸치고
허공에 몸 던져
저 회전하는 낙법
모든 것 다 내어주고
한 줌 흙으로 돌아가는 선승

누에

몸길이 8cm나 되는 징그러운 벌레
살아생전 나비로 부활 꿈꾸지만
신의 선택 받지 못한 벌레
오직 뽕잎 하나로 연명하며
입으로 비단을 짜는 명주실 일천 미터나 뽑아내는 벌레
뱃속에 자기 몸 일만 이천 배나 되는 실 품고 사는 벌레

하느님도
그 속 알지 못해
헷갈리게 했던 벌레

코로나19

우리가 나무와 숲 버린 지 오래되었나 보다
우리가 들판에서 반딧불 본 지 오래되었나 보다
우리가 달과 별,
밤하늘 올려다본 지 오래되었나 보다
두더지처럼 땅 파헤치고
숲 파괴한 지 오래되었나 보다
우리가 어머니 곁 떠나
길 잃은 지 오래되었나 보다.

얼음새꽃

봄꽃이 피기엔 이른 2월
산비탈 길섶 낙엽 사이로 얼음 깨문 노란 얼음새꽃
열병 앓아 쌓인 눈 녹이며,

안개성에서 태어나 원치 않는 사랑 거부하다
아버지 저주로 한 포기 풀로 변해버린
슬픈 구노의 전설 품은 가녀린 꽃,
삭인 한
별이 된 꽃

나무에 대해

나무는,
가슴에 나이를 아로새긴 존재
그 가지마다 다채로운 색채 띠며
지극히 조용하고 겸손하다

나무는,
새들의 고향
치열한 삶의 일터
새끼를 낳고 기르는 신성한 집

새들은,
땅에 떨어진 삭정이 물고 와
부리로 지은 집에는 지붕이 없다
밤이면 달빛, 별빛 둥지 아랫목까지 스며든다.

우리가,
한 그루 나무를 사람처럼 대하지 않고서
어찌,
청호반새, 꾀꼬리 노래 들을 수 있을까

사랑과 이별

눈도,

따뜻하게 스며들면 사랑

비도,

차갑게 돌아서면 이별

단풍 2

높을수록

바람 타고

계절 바뀌면

된서리 맞고

우수수 진다

끽다거 * (喫茶去)

여보게,
어딜 그리 바삐 가는가
누가 쫓아오기라도 하는가
내일 일은 아무도 모른다네
마음에 무거운 짐 있거든 내려놓게
다 부질없네
"차나 한잔 들고 가시게"

끽다거 * 喫茶去 : 당나라 후기 선종 스님으로 이름났던 조주 종심(778~897)
　　이 남긴 말

매미에게

처서(處署) 지난 감나무에
매미가 울고 있다

그래 넌,
좀 더 울어도 괜찮겠다.

땅속에서 벌레로
얼마나 기다린 여름 한 철인데....

새해 기도

새해 아침을 감사로 시작하게 하소서
작은 민들레 손짓에도
환희에 찬 눈빛으로 바라보게 하시고
어두운 밤,
섬돌 밑에 귀뚜라미 울음소리에도
귀 기울이게 하소서
시기와 미움 멀리하게 하소서
기쁨의 강물이 솟구치게 하소서
꽃과 나무를 사랑하게 하소서
어려움이 닥치면 지혜롭게 극복하게 하소서
세상 보는 눈을 따뜻하게 하소서
늘 겸손하게 하소서
사랑과 진리가 낮은 곳에 있음을 한시도 잊지 않게 하소서

여행이란....

여행은 단순히 일상을 벗어나
먼 길 떠나는 것이 아니라
자신 음지의 골짜기를 거닐면서
여행을 통해 미처 몰랐던 관계를 되돌아보고
삶의 의미를 새롭게 하는 것이다

함박눈이 내리는 날 겨울 철새들이
시베리아 벌판을 떠나
천수만이나 우포 늪을 찾아
또 다른 생을 꿈꾸듯이

여행이란,
자기 자신에게로 깊게 걸어 들어가는 것이다

들꽃처럼 자신만의 빛깔과 향기로
담담히 삶을 꽃피우는 것
물도 흘러야 맑아지고,

바람도 불어야 탁했던 공기가 깨끗해지듯
묵은 마음의 자리를 거듭거듭 툭툭 털고 일어나
우린 언제든지 여행을 떠날 수 있어야 한다

세상에 정지된 것은 없고
별도 태어나고 소멸하듯
삶이 더 녹슬고 허물어지기 전에
마음의 고향길 걷는 것처럼
여행을 통해 마음 비우고
자신의 속 뜰을 거닐 수 있어야 한다.

새들이 사는 법

새들의 둥지엔 지붕이 없다
비 오면
비 맞고
눈 오면
눈 맞으며 산다

붉은 머리 오목눈
부모 잃고 고아가 된 뻐꾸기를
차별 없이 지극정성으로 키운다
그래서 하느님도 가끔 와서 들여다 본다

새들의 집에는 곳간이 없다
둥지에 쌀 한 톨 쌓아두지 않는다
다만 굶주린 배를 채워줄 벌레 한 두 마리면 만족한다

새들에게 마지막 소원이 있다면
저 푸른 하늘을 자유로이 날아가

하늘 끝 아득한 한 점 풍장으로 사라지는 것
그래서 지상엔 새들의 무덤이 없다

나도 새들처럼
스스로 속박의 굴레 벗고
은빛 깃 치며
저문 하늘로 돌아갈 수 있을까

진주 기생 봉순이

하동 악양면 평사리 최참판댁에서 종으로 태어나 종으로
살다 간 여자
같이 종살이하던 길상을 첫사랑 했던 여자
사대부 대감 소실이 되었던 여자
양반댁 도련님 하룻밤 풋사랑에 아비 없는 아이를 가졌던
여자
아무나 쉽게 꺾을 수 있는 길가의 버들과 담 밑의 꽃으로
살다 간 여자
출가한 스님에게는 여전히 꺾지 못할 벼랑의 꽃이었던 여자
섬진강 푸른 강물에 넋을 던진 여자
그녀가 불렀던 마지막 노래 '적벽가'는
모진 세월의 강물에 묻혀 들리지 않고
푸른 울음 깨문 섬진강은 오늘도 말없이 흐른다.

출처 : 토지 제3부 젊은 사자 중에서 인용

숲

숲,
말없이 짙푸른 삶 찾아가는 구도자
모든 이들 기도의 이름이 되고
우듬지 흔드는 모진 바람에도 늘 자리 지킨다

떡갈나무 아래 어린 떡잎 푸른 눈망울
꽃도 여럿이 어울리며 꽃동산 이루듯
침엽수, 활엽수, 가시나무 함께 어울려 산다.

밤이면 야생의 어둠은 별빛 쫓아가고
수목한계선에 눈이 내려도
꽃잎 흔들고 가는 바람처럼

우린,
숲에 흔적도 남기지 말자.

내 인생의 가을

내 인생에 찾아온 가을
천둥벌거숭이 계절도 가고
한 잎 낙엽으로 쓸쓸히 저물어

어느덧 흰 서리 내린 머리
귀먹고, 눈멀어 시름 깊어진 하루하루
바람에 떨어지는 빛바랜 나뭇잎

황량한 벌판에 불어오는 찬 바람
붉은 잉크로 쓴
나뭇잎 유서

백로

새벽 찬 이슬점 밟고
풀밭 위로

초록 지쳐 누운 풀잎에
투명한 사리

아침 햇살에 흔적 없이 사라질
흰 목숨 하나

| 3부 |

산수국

01 | 입춘

02 | 종소리

03 | 꽃을 사랑하는 사람

04 | 가을산

05 | 봉숭아

06 | 팽이

07 | 우린 어느 별에서 만났기에

08 | 사월바다

09 | 냉이꽃

10 | 쌍가락지

11 | 가을밤

12 | 상강

13 | 별의 작별 인사

14 | 풀뿌리의 힘

15 | 꿈길

16 | 그대, 가을 강변에 가 보았는가

17 | 11월의 장미

18 | 어머니의 18번

19 | 직선

20 | 마추픽추

21 | 가을 강물 같은 친구 하나 있었으면

22 | 산수국

입춘

램프 등 외로운 눈 내리는 밤
이젠 잊자고 발목까지 쌓인 눈
에덴동산의 아담과 이브처럼
나신으로 꽃샘바람 앞에 서 보는 계절

뜰엔,
봄 햇살 한 줌
투명한 유리잔에 붉은 포도주
얼었던 몸에 희미한 맥박
일어서는 붉은 실핏줄 하나

종소리

하늘 높이 울려 퍼지는 종소리
세상을 깨우는 한 마디의 울림
길고도 아름다운 소리의 선율
마치 인생의 여정을 노래하듯
유영하는 우리의 삶,

때로는 새해를 알리는 보신각 종소리로
때로는 새벽을 깨우는 산사의 종소리로
때로는 바람의 말 전하는 풍경소리로

청동 벽 속에 천년 잠들어 있다가도
누군가 울려 주었을 때
진동의 새가 되어 날아간다

꽃을 사랑하는 사람은

꽃을 사랑하는 사람은
베란다에 꽃을 키울 것이다

화분에 물을 주며
이름 모를 꽃들과
차를 나누어 마시며
창문을 열어 햇빛과 바람, 꽃들과
도란도란 살아가는 수다를 떨 것이다

커튼 드리워진 창 너머로
지는 해가 만들어놓은
붉은 노을 바라보며
수선화 피는 봄부터
구절초 고개 끄떡이는 늦가을까지
가족들과 식탁에 둘러앉아 달그락달그락
수저를 부딪치며 이야기꽃 피울 것이다

아버지가 사 온 붕어빵과 군고구마 먹으며
밤하늘에 무수한 은별들
하나둘,
세다 잠들 것이다

가을 산

세속의 번뇌 훌훌 벗어버리고
자기 몸 불살라
만장 앞세운 해탈의 다비식

어느 별도
윤회의 수레바퀴를 거스를 수 없듯
찬 서리 맞으며 쓰러져갈 운명
눈가에 맺힌
붉은 이슬

봉숭아

우리가 저무는 어느 여름 뜨락에 앉아
핏빛 꽃잎으로 만나
갈 별 이지러지는 가을 하늘 아래
착한 누이같이
열 손가락 손톱마다 꽃물 들인다면
네가 만지고 간 가슴마다
그리움 붉게 고여
일기장 갈피마다 첫눈이 내리리

팽이

세상으로 나갈 때
네 몸 중심에 굵은 대못 하나 박아 넣어라
지구 위를 걸을 때는
지구본처럼 둥글게 살아야 한다

스스로 자전하기 위해서는
실패를 두려워해서는 안 된다
채찍을 두려워 마라
얼음 박힌 세상에서 쓰러지지 않고
빙글빙글 돌게 하는 힘이니라

채찍 맞아 시퍼렇게 멍든 피멍이 가실 때쯤
너도,
도는 데는 달인의 경지에 올라
얼음판, 손바닥, 돌계단, 대청마루 나이테 위에서도
직립으로 서서 살아갈 수 있을 것이다

그땐,

너 스스로

너에게 채찍질하며

험한 세상 쓰러지지 말고 살거라

우린 어느 별에서 만났기에

우린 어느 별에서 만났기에
밤이면 별빛 사이로
새벽을 흔들어 깨우는 것이냐

먼 산에 가지가 휘도록
눈이 내려 쌓여도
삶이란 강물 위에
은빛 햇살로 부서져 흐르고

꽃잎 하나 칼처럼 떨어지는 봄날엔
불이 되어 뜨겁게 타오르자

얼음새꽃 노란 피를 토할 때까지
겨울엔 함박눈으로 날리고
여름엔 빗방울로 강이 되어 흐르자

우린.

어느 별에서 만났기에
밤마다 삼경 강물을 뒤척이며 우는 것이냐

사월 바다

수심 깊어 멍든
한 서린 사월 바다

세찬 파도 천만년 밀려와 속삭여도
물은 눈길 한 번 주지 않고

바람 지쳐 누운
노을빛 물든 바다

섬 자락 씻는 처량한 물결 소리
철~썩 철~썩

뒤척이며 잠 못 이루는
시퍼렇게 멍 도진 지독한 짝사랑

냉이꽃

얼음장 밑에서도 잠들지 않는
푸른 눈망울

눈보라 모진 추위 견디며
봄을 꿈꾼다

바소꼴 모양의 왜소한 몸
총상화를 이루는 작은 화관

나는 봄 색시,

얼음 녹고 강물 뒤척이는 봄이 오면
나의 모든 것을 당신께 바친다.

쌍가락지

성질머리 사나운 사람 만나
"내 팔자가 사납다." 하시며

구순의 한 많은 세월 눈물로 사시더니

큰딸이 해준 쌍가락지 끼고
십칠 세 소녀 되어
민들레처럼 웃으시네

가을밤

풀잎 창가에

달빛 별빛 걸어 놓고

귀뚤귀뚤 귀뚜르르....

귀뚜라미 밤새워 책 읽는 소리

상강

뒤란 옛 뜰
붉게 익은 산수유
집어등 켜고 밤바다 떠돌던 계절

이젠,
북반구로 갈 때
눈 맞으며 살아온 세월

풀잎 끝에
손 시린 흰 서리꽃
낙엽 끌고 가는 바람 소리

별의 작별 인사

NGC2525 은하 강 변방에서 SN2018gv는 생을 마감했다.
그는 죽음의 순간에도 초연했다.
죽음의 순간에도 젖 먹던 힘을 다해
태양보다 빛나는 십자형의 푸른 눈빛으로
우주의 모든 별들에게 작별 인사를 했다.

그는 일생을
은하 강 변방을 떠돌며 광대로 살았으나
결코 비굴하게 살지는 않았다
추위에 떨면서도 무소유로 살다가
한 점 먼지로
바람과 함께 우주 광야로 돌아갔다.

그의 맑고 푸른 눈빛을
어느 하늘 아래
어느 별에서 다시 볼 수 있을까

도움말 : SN2018gv는 NGC2525 은하에서 2018년 폭발한 초신성

풀뿌리의 힘

바람에 흔들리지 않게

서로 붙잡은 손

사향 장미의 유혹

죽어서도 말이 없는 비목

꿈길

오늘 밤도
그대 만나지 못할지도 모른다

칠흑 같은 어둠 속을
밤새 헤맬지도 모른다

그러나 이 모든 것이
한낮 부례와 같은 꿈이라 해도

그대 만나러 가는 길은
오직,
이 길뿐.

그대, 가을 강변에 가 보았는가

그대,
가을 강변에 가 보았는가
단풍나무가 염을 하고
마지막 가쁜 숨을 몰아쉬는 곳
그곳에서 삶의 부질없음을 보았는가

그대,
가을 강변에 가 보았는가
쇠락한 나뭇잎들이 자신을 불태우는 천도 의식을 보았는
가

해탈의 모습을 보았는가

11월의 장미

계절 깎는 앙상한 바람
다시 시작하기엔 너무 늦어버린 달

허물어진 집 담장에
계절 잃은 장미 한 송이
시들어 가는 피를 문 입술

시한부 삶 창백한 얼굴
둘러서서 바라보는 안타까운 시선들
한때 사랑했던 사람
살 저리게 그리워지는데

누가 저 여인을 고해 성소로 끌고 들어가
무릎을 꿇릴 수 있으랴

어머니의 18번

우리 어머니의 18번 노래는
'목포의 눈물'과 '사랑만은 않겠어요'다
칠순과 구순 생일잔치 때도 이 노래를 불렀다

"엄마가 사랑을 안 했으면 우리 육 남매도 태어나지 않았
을 텐데…"하니까
"그래도 너희 아버지는 싫다. 나 죽거든 합장하지 말고
옆에 따로 묻어달라"라고 하신다
어머니의 한 서린 삶과 애증이 느껴지는 노래다

직선

직선에는 누구를 사랑할 때처럼
팽팽한 긴장감이 감겨 있다
꽉 조여진 열두 줄의 가야금은
누구의 손끝에서 퉁김을 받고 싶어
적멸보궁에 들었다

민달팽이 속을 빠져나온 굽은 선들이
먼 지평선에 걸린다
험준한 굽은 산맥이
바다 수평선에 직선으로 눕는다

유리벽을 여과 없이 통과하는 햇빛과
밤하늘 푸른 별빛은 멀리서 직선으로 내려온다
활시위를 떠난 큐핏트 화살은 직선으로 날아가
사랑하는 이의 심장에 꽂히듯
한 사람만 바라보는 눈은 직선이다

고요한 뜨락에 핀 한 송이 사향 장미처럼
우유부단하지 않고 산다는 것
살면서 올곧은 직선 하나 된다는 것

마추픽추 *

난, 안데스산맥을 누비는 매
무엇에도 얽매이지 않는 자유로운 영혼의 콘도르

나에게 가을 단풍 잎새 같은
노을 한 점 보내 주실래요

그럼 난,
당신의 외로운 양치기 목동이 되어드릴게요

나에게 그 붉은 입술로 혹단 바람
한 올 불어 넣어 주실래요

그럼 난,
지상의 모든 숲을 다스리는 천 개의 바람으로
당신의 영혼을 자유롭게 해드릴게요

나에게 마추픽추 눈물 한 방울 흘려 주실래요

그럼 난,
대나무와 장미목으로 노래 불러
당신의 하늘에 철새를 날려 보내 드릴게요

마추픽추 * : 페루 산 정상에 있는 잉카인들 최후의 요새 도시

가을 강물 같은
친구 하나 있었으면

울긋불긋 단풍으로 물든 가을 산 바라보며
산마루 고갯길 함께 넘는 친구 하나 있었으면

가을 강변 갈대처럼 바람에 흔들릴 때
마음 잡아줄 친구 하나 있었으면

밤바다를 수수만년 진간장처럼 다려
가장 밑바닥에서 얻을 수 있는
소금 같은 친구 하나 있었으면

짝 잃은 매미가 밤낮으로 울어도
천 개의 귀로 그 울음 다 들어주는
나무 같은 친구 하나 있었으면

깊어가는 가을 섬진강 기슭까지 굽이쳐도
희로애락 안고 흐를
가을 강물 같은 친구 하나 있었으면

산수국

너의 연분홍 처녀성을 알겠다
너의 바다 빛 무정함도 알겠다

물을 좋아했던 너

소란스러운 세상이 싫어
깊고 깊은 산골짜기로 들어간 너

산 방 꽃 사태를 이루며
별빛을 살라 먹는 너에게
누가 '변덕스럽다' 돌을 던지랴

| 4부 |

첫눈

01 | 꽃씨

02 | 해머오키드

03 | 살아있는 것은 왜 뜨거운가

04 | 굳은살

05 | 돌의 묵언수행

06 | 진주

07 | 목련

08 | 낡은 의식을 깨고

09 | 우리가 바위라면

10 | 폼페이 최후의 날

11 | 끌림의 물리학

12 | 홍재 백일장

13 | 상사화

14 | 소낙비 내리는 여름밤

15 | 담쟁이 2

16 | 단풍

17 | 첫눈

18 | 홍단풍

19 | 민들레 홀씨

20 | 단풍잎

21 | 작은 나눔

22 | 희나리

23 | 가람이 바다로 흐르는 까닭

꽃씨

눈보라 치는 얼음 박힌 땅에서

꽃 피기를 바라거든

기다려야 한다.
.
,
,
,
봄이 올 때까지

해머오키드 *

난,
팔이 없어 너를 안을 수 없네
난,
발이 없어 너에게 갈 수 없네
난,
작은 키에 깡마른 몸이지만
사랑 포기할 수 없네
내 머리에 바른 페로몬 유혹에 빠진 수벌들의 혈투
그러나 싸움의 승자도 짝짓기 못 하고
가짜 놀음에 놀아나네
한 번 속고도 또 속아 넘어가네
수벌들의 성욕으로 세상은 요지경

해머오키드 * : 수벌들의 성욕을 이용해 수정하는 식물

살아있는 것은 왜 뜨거운가

한 자루의 촛불이 밤을 밝히듯
삶의 열정이 타오를 때
저물어 가던 길도 환해진다.

인간의 마음은 불꽃
끊임없이 꿈틀거리며
희망의 불꽃을 피워
세상을 따뜻하게 비춘다.

지상에서의 한 生
어엿이 살아내고서
그 열기 속에 숨 쉬는 순간,
감정의 파도를 느끼며
인생의 노래가 태어난다.

살아있는 것은 그 뜨거움으로
저마다의 삶에서 마주하는

막막한 세상
어둠을 밝히는 불꽃이 되어
허물어진 영혼 다시 일어선다.

굳은살

레슬링 선수들 귀는
문둥이 귀처럼 일그러져 있다
바닥에 얼마나 머리를 박고 치댔으면
귀에 굳은살이 박일까

세상에는
헛것도 없고
공짜도 없다.

돌의 묵언수행

눈멀고, 퇴화한 귀
몸속 달팽이관 무늬와 새의 깃털을 새겼지만
간절한 말씀조차 돌탑으로 쌓이는 시간
날지 못하는 새

돌 속에 귀로
세상과 소통하고
몸속 깊은 곳까지 뜨겁게 뛰던 맥박
생명의 숨 불어넣던 호흡

광야는 돌들의 울음이 야적된 곳
고요와 침묵이 수수만년 쌓이고
바람에 깎여 형체마저 사라져 묵언수행에 든 부처

진주

상처 입은 몸으로 얼마나 몸부림쳤을까

더러운 부유물 먹을 때마다
혀로 천만번 피 고름 닦아내며
모래 알갱이 보듬어 낳은 광채

클레오파트라가 예뻐지기 위해
식초에 녹여 마셨다는 슬픈 전설을 지닌 너
상처도 눈물로 닦으면 진주가 되는가

지구상에서 유일하게 생명체가 만들어 내는 보석

목련

흰 웨딩드레스 입은
사월의 신부

이별을 예감한 듯
눈가에 맺힌 이슬

뜨락엔 봄이 한창인데
홍역 앓는 아이처럼
파르르 떨리는 숨결

등 뒤에 터지는
한 점 티 없는 찬란한 슬픔

낡은 의식을 깨고

창밖엔 이른 봄 찌르는 산수유나무
몸에 쌓인 적설량으로 겨울을 나고
또 하나의 계절이 시작되어도
철 지난 억새로 가득한 가슴
허물어진 몸과 마음
봄햇살 아지랑이
서녘 하늘 홍갈색 노을처럼
만학으로 나를 물들이는 시간

우리가 바위라면

우리가 바위라면
풀뿌리 하나 뻗어 내릴 틈 하나 갖고 살자

세상살이 매정해도
빗물 하나로 스며들 틈 하나 갖고 살자

누가 알겠는가
저 새똥만 가득한 돌 틈 사이로
푸른 솔 신선처럼 서서 살지....

폼페이 최후의 날

이천 년 풍장 기다린 먼 기억의 바람
거인처럼 서서 굽어보는 화려한 도시
말과 개와 사람이 순장된 완벽한 폐허

뜨거운 시간조차 싸늘히 식고
이천 년 어두운 침묵 속에 묻혀버린
바위틈에 새겨진 시간의 무늬

빵집 화덕에 굽다 만 빵조각
코와 입을 막은 채 그대로 죽은 주검
뱃속 아기 보호하기 위해 웅크린 임산부
최후의 순간을 함께한 연인들
마차길 디딤돌 사이로 선명한 영화의 수레바퀴 자국

맑은 하늘 번개 치듯
흔들리는 땅과 깨지는 유리창
허물어진 시간 속에

뼈만 남은 콜로세움의 침묵

베수비오 화산 * : 서기 79년에 이탈리아 베수비오 화산
폭발로 고대 도시 폼페이를 잿더미로 만들었다.

끌림의 물리학

먹구름 속에서도
지구는 달을 끌어당기고
달은 달맞이꽃을 끌어당긴다.

이 끌림으로 인해
달맞이꽃은 17분 동안 벙글고 3분 동안 활짝 핀다

달 뜨는 저녁
물레방앗간 뒤 뜰에서 나누는
달과 달맞이꽃 사랑

홍재 백일장

2019년 9월 어느 날
홍재 백일장이 열리던 장안공원

팔달산 방초 푸른 언덕도 갈색으로 물들어가고
산안개는 느릿느릿 팔달산 구릉 너울 삼아 오르고
야전 천막 두드리던 빗방울의 탄주는 오락가락 이어졌다.

선생님과 부모 손을 잡고 온 고말이풀 같은 아이들과 학생들,
공원을 찾은 시민들이 공원 여기저기 흩어져
각자 시의 얼레를 풀어 쓴 문장들이
원고지 칸 칸마다 작가의 꿈으로 채색되어 돌아왔다.

바람의 손이 남기고 간 지문의 문장을 읽듯
학생들과 시민들의 작품을 읽었다
옛 성터에 풀씨를 날려 꽃을 피우는 바람으로
허물어진 성곽을 떠받치는 하나의 돌로
수원 화성의 밤하늘을 밝히는 은별로 자라기를 바란다.

상사화

너와 나는 한 몸
그러나,
나는 너를 본 적 없고
너도 나를 본 적 없다

손 닿을 듯
손 잡힐 듯
너와
나 사이엔
언제나 안개 강이 흘렀다

언약의 땅에 피를 뿌려도
맺지 못할 사랑이여....

소낙비 내리는 여름밤

하늘 가득 먹장구름
마른 마당귀 후드득 지나가는 소낙비

돌아누우면 등을 적시는
주렴 밖 애월涯月

빛과 구름 사이로 하루를 탕진하고
저녁 숲에 내려앉는 붉은 저녁놀

더위에 지쳐 누운 풀잎
홍련, 백련 옷고름 푸는 연못 속에 이지러진 초승달

혼이 뜨겁게 돌아나간 꽃 진 꽃자리마다
가슴 터질 듯 몽글몽글 부풀어 오르는 봉숭아 씨앗

담쟁이 2

가장 낮은 곳에서
담쟁이는 벽을 오른다.

저 무성한 잎들 앞에 서서
맨주먹으로
깎아지른 벽을 당당히 오른다.

두려워 선뜻 아무도 나서지 않았던 길
한 번도 가 보지 않았던 가시덤불 길
아득한 천애 낭떠러지 절벽을 오른다.

저 벽을 넘을 때까지
맨손으로 악착같이 벽 틈 움켜쥐며
새벽이 올 때까지 오른다.

지푸라기라도 잡는 심정으로
희망의 끈을 놓지 않고
세상의 벽을 허물 때까지 오른다.

단풍

- 참회-

일생을
매달려 살았습니다

참,
부질없습니다

참회하는 심정으로
아름답게 떠나고 싶습니다

첫눈

네 가슴에

첫눈이 내리면

내 그리운

발걸음 달려

네 가슴에

꽃잎 같은 발자국 찍으리

홍단풍

난,
너보다 아름다운 꽃 본 적이 없다.

난,
너보다 잘 쓴 시 읽어 본 적이 없다.

난,
너보다 잘 그린 수채화 그림 본 적이 없다.

난,
너보다 고운 자연 미인 본 적이 없다.

민들레 홀씨

울음조차 사치라 생각하며
몸 털끝까지 물기를 말려가며
흙냄새 코를 찌르는 삶의 변방에서
허례허식 없이 살고자 했고
사철 벌거숭이 몸으로 살다
홀씨 되어 바람결에 홀연히 떠나는 길

내게도 왜 침잠하는 시간이 없겠는가
내게도 왜 슬픔의 밤하늘이 없겠는가

격정을 끝낸 봄 한 철
그대와 시린 몸 비비고 살던 푸른 언덕
뿌리 깊은 터전에 바람도 저물어
이젠 떠나야 할 때
이별은 아름다워야 한다고
이별에도 예의가 있어야 한다고

얼룩진 노란 손수건 흔드는 조막손

단풍잎

매달려 있을 때
"곱다, 예쁘다, 온 산에 물감을 뿌려 놓은 듯하다"라며
감탄하더니

떨어지니까
짓밟네

작은 나눔

나에게 필요하지 않은 물품도
버리면 쓰레기지만
그것을 나눈다면
필요한 사람에게는
험한 길 갈 수 있는 신발이 되고
가족들과 오손도손 둘러앉아 밥 먹을 수 있는
밥그릇, 국그릇이 되고
여름날 뜨거운 햇볕 가려주는 모자가 되고
한겨울 살에는 추위 막아주는 따뜻한 옷이 된다.

희나리

아직 덜 마른 참나무 몸통 위로
도끼를 입에 문 바람이 지나간다

몇 번이고 땅바닥에 패대기쳐야
몸이 반으로 또 반으로 갈라진다

날 선 도끼로 열 번은 찍어야 속살 보여주는 참나무 그루
터기

함부로 말할 수 없는 백 년 땅 움켜쥐고 발버둥 치며 물
길어왔을 고단한 삶 번뇌의 시간이 내려친 도끼날에 쪼개
진다
아궁이 속 붉은 도끼 피를 문 희나리 타닥타닥 터진다.

희나리 * (순우리말) : 덜 마른 장작, 아직 채 마르지 아니
한 장작

가람이 바다로 흐르는 까닭

가람이 태어난 곳은 깊은 산속 옹달샘도 아니다
비 머금은 검은 조각구름도 아니다.
고래와 정어리떼 헤엄치는 푸른 바다가 고향이다

가람은 물욕이 없다.
그래서 열 길 물속이 훤히 보인다.
낮에는 온갖 물상 안고 흐르고
밤에는 별찌와 미리내 가람 되어 흐른다.

가람이 이정표 없는 험한 길 가면서도
길을 잃지 않는 것은
몸을 낮추기 때문이다
깊은 가람은 상처도 깊지만
말없이 해탈에 든 모습이다

하류에 다다른 가람은 윤슬 반짝이며
세상과 작별하고

물고기들의 모국어가 있는 어머니의 나라
자신이 태어난 푸른 바다로 간다.

(순우리말) 가람:강 / 별찌:유성 / 미리내:은하수

| 5부 |

눈썹달(동시)

01 | 첫 걸음마

02 | 무지개 꽃다발

03 | 눈썹달

04 | 비밀

05 | 아이스케이크 먹는 여름

06 | 맛있는 생선

07 | 몸짓으로 말하는 나무

08 | 별똥별

09 | 세뱃돈!

10 | 천행이었습니다 /윤형돈

첫걸음마

태어나서 누워있다 뒤집기만 하던 아기
하루에 수백 번도 더 웃는다

어느 날 기어 다니기 시작하던 아기
방에서 거실로, 부엌으로 다니면서 신났다

오늘은 드디어 첫걸음마 떼는 날
할아버지, 할머니, 아빠, 엄마
서로 내게로 오라고 응원하는데

아기 한 걸음 뗄 때마다
와~ 와~
방안에 축복의 소리 가득하다.

무지개 꽃다발

-다문화 아이들을 위한-

꽃도 여러 송이 어우러지면
훨씬 더 아름답고 향기가 진하듯
부모가 태어난 나라가 달라
피부색이 다른 아이들
선생님 질문에
저요, 저요, 저요....
서로 벗이 되어 한 교실에 모여 공부를 한다.

그 꽃향기
온 누리에 퍼져 땅끝마을까지 전해진다.

눈썹달

서쪽 하늘 눈썹달

잠시 잠깐 떴다가

무엇이 부끄러워

쏜살같이 사라지네

비밀

달이 지구를 떠나지 못하는 건
달맞이꽃이 달을 잡아당기기 때문이래

그럼 난,
영희가 이사 못 가게
꽃씨 하나 심어야겠다

무슨 꽃
그건 비밀....

아이스케이크 먹는 여름

여름날
이십 리 길 오일장 서면
엄마는 강냉이를 팔았다

강냉이 팔고 남은 돈으로
고무신과 생선을 사 왔다

내가 좋아하는
아이스케이크도 사 왔다

"세홍아, 받아라. 아이스케이크"
아이스케이크는 없다
나무막대뿐이다

여름이
다 먹어 버렸다

맛있는 생선

우리 집,
밥 먹을 때
생선은 머리와 꼬리가 맛있는 거라며

아빠는
생선 머리만 골라 먹는다

엄마는
생선 꼬리만 골라 먹는다

나는
생선 가운데 살만 골라 먹는다

몸짓으로 말하는 나무

나무가 새들에게 둥지를 내어주는 것은
함께 더불어 살기 위해 그런 거래요

나뭇잎이 가을에 단풍 옷으로 갈아입는 것은
작별 인사를 하기 위해 그런 거래요

나무가 밤하늘 별을 향해 두 손을 모으는 것은
세상 사람들 싸우지 않고 살게 해달라고
기도하기 위해 그런 거래요

별똥별

엄마,
밤하늘 별똥별은
정말 별의 똥인가요

아~ 그것은
우주를 떠도는 길 잃은 아기별들이
집이 그리워
지구별을 찾아오는 거란다

세뱃돈

설날 세배하러 시골 할머니 집에 갔다
아빠, 엄마, 고모들이 할머니께 세배하고 세뱃돈을 드렸다
오빠와 나, 사촌들 함께 세배했다
할머니께서 우리에게 세뱃돈을 주셨다
내가 받은 세뱃돈을 엄마한테 드렸다
세뱃돈이 방 안을 한 바퀴 돌았다
웃음소리 방안에 가득 찼다

천행이었습니다

윤형돈

별리의 손은 차갑고도 뜨거웠다
어언 37년을 꾸준히 걸어온 사람의 참음과 수고로움이
변방의 기지를 떠나 새로운 지평이 열리는 날.
혼자이듯 또 그렇게 가야 한다.
강의 진실을 믿고
재첩 잡는 소년의 마음으로
시의 언어를 채집하고
현을 퉁기고 노래하며 간다.

마모된 문지방을 고치고
깨어 있기 위해
벌나무 추출액을 흡입하는 세밀한 홍시의 질감으로
생의 후렴구를 반추하는 그대,
하늘이 내린 행운이었다
떠남은 또다시 길을 묻는다
초례청의 처음으로 돌아가라고
활주로에 가마우지 떼들
짙푸른 새벽 날개 털고
물수제비 뜨며 날아간다.

2022년 6월 30일 김세홍 시인 퇴직 기념 시로 쓰다.

| 6부 |

[시 해설]
—만화적인 상상력과 궤도에 오른 시 인지 감수성—

만화적인 상상력과 궤도에 오른 시 인지 감수성

윤 형 돈 시인

12월, 계절의 끝이다. '월령가'의 마지막 글 농사는 어떤 문장으로 갈무리할까? 12월은 위기의 부부에겐 엄숙한 시간의 숙려기간이 다 헤어질까 말까 고민하는 갈등의 계절, 십이월이 2음절인 것은 한 번 더 곱씹어 생각해 보라는 것. 그저 먼 산을 바라보며 반추하는 소의 하염없는 되새김이 외려 철학적인 반가유상으로 다가선다. 12월의 영어 디셈버(December)는 리벰버(Remember)와 맥이 같다. 계절의 끝자락에서 새삼 이 세상 끝을 노래하고 싶다. "잊지 말고 날 기억해 줘요 당신의 사랑을 잃으면 이 세상도 끝이랍니다." 누군가의 하소연이 들린다. 파란만장의 세상살이 처음과 끝의 화두가 사랑인 것은 천만다행이다. 그러나 이젠 더 이상 사랑할 시간이 많이 남아있지 않다는 절박함으로 오늘, 지금, 이 순간을 사랑하자.

자고로, 시와 동시, 수필 등 모든 문학 장르는 일맥상

통한다. 결국 문학이란, 중심축으로 인생이란 삶의 다양한 행태를 붙좇아 동심원을 그리는 행위이다. 어쩌면 살아서 천국에 들려 올라갈 때까지, 자기 전에 해야 할 일과 지켜야 할 약속이 있기에 오늘도 '살아있는 것은 뜨겁다'.

우선, 왜 동시인가? 인공지능(AI) 기술이 인간을 위협하는 계절, 상상과 공상, 만화적인 상상으로 도피하고 싶어진다. 장만영 시인은 '소나기가 지나가고, 마당에 흐르는 물을 따라 경주하듯 떠내려가는 물방울들이 "우리의 어린이"라고 예찬했다. 바위틈으로 흐르는 샘물같이 조금도 흐리지 않는 마음만이 동심의 시를 낳는다는 말씀에 공감하는 이유다.

풀잎 창가에
달빛 별빛 걸어 놓고
귀뚤귀뚤 귀뚜르르르..
귀뚜라미 밤새워 책 읽는 소리

『가을 밤』, 전문

'가을밤'은 어른이 읽는 동시다 풀잎 우거진 '달빛, 별빛 걸어 놓고' 창가에 귀뚜라미가 '귀뚤귀뚤' 귀가 뚫어지도록 자지러지게 운다. 등불 가까이 글 읽기 좋은 등화가친의 계절에 시인의 상상은 귀뚜리 책 읽는 소리로 전이되었다 '형설지공(螢雪之功)'이 태동하는 순간이다. 밝은 달빛과 어두운 밤하늘의 별 무리는 수심 깊어 고향 생각이 절로 나는데, 한낱 미물인 실솔 울음에도 시인의 시적 인지 감수성은 '귀뚜르르르…' 지속적인 반복 학습으로 이어진다.

'아이스케이크 먹는 여름'은 또 어떤가? 시적 화자의 엄마는 여름날 오일장에 가서 강냉이 팔고 남은 돈으로 고무신과 생선 그리고 아이스케이크를 사 오셨다. 그러나 '아이스케이크는 없다 나무막대뿐이다' 여기서 시인은 아이스케이크가 여름 햇빛에 다 녹아버린 것을 '여름이 다 먹어버렸다'라고 눙쳐버린다. 햇빛에 녹지 않고 '여름이 다 먹어버려서' 시가 된 것이다.

엄마, 아빠, 고모들이 할머니께 세배하고 세뱃돈을 드렸다

오빠와 나, 사촌들 함께 세배했다
할머니께서 우리에게 세뱃돈을 주셨다
내가 받은 세뱃돈을 엄마한테 드렸다

세뱃돈이 방 안을 한 바퀴 돌았다.

. 『세뱃돈』, 부분

　정초 설날에 벌어지는 여느 안방 풍경이다. 이대 삼대 대가족이 한데 모여 한 상에 둘러앉아 먹고 마시다 이윽고 새해 인사, 부모님은 호사하시고 자녀들의 절 받기 좋아하신다. 세배에 대한 답례로 받는 세뱃돈은 배려이다. 웃어른의 지혜와 덕담을 듣고 더 큰 사람 되는 데 보탬이 된다. '세뱃돈이 방 안을 한 바퀴 돌았다' 돌고 도는 인생, 세상만사 둥글둥글 줄 때와 받을 때를 알아야 안분지족이다. 돌다가 어디 한 군데라도 막히면 큰일이다. 통즉불통(通卽 不通)이라 했다 소통하면 고통이 없다 누군가 중간에 꽉 움켜쥐고 있으면 안 된다 나눔과 배려가 필요하다. 막힌 기혈(氣血)은 뚫어야 산다.

　살아있는 것은 왜 뜨거운가? 키워드는 '불꽃'이다 '끊임없이 꿈틀거리는' 희망의 불꽃은 인생의 노래가 되고, 사랑이 되어 어둠을 밝히는 등불이 되어 '허물어진 영혼 다시 일어선다.'라고 노래한다. 비약을 약속하는 불꽃, 그 찬란한 섬광은 불타는 생에의 의욕이요. 전신을 흐르는 생명의 여울이다.

살아있는 것은 그 뜨거움으로
저마다의 삶에서
마주하는 막막한 세상
어둠을 밝히는 불꽃이 되어
허물어진 영혼 다시 일어선다

『'살아있는 것은 왜 뜨거운가』·부분

살아있는 것, 즉 생명이란 무엇인가? 유기체가 태어나서 죽을 때까지의 살아있는 상태이다 여기서 시적 화자는 '뜨거움과 불꽃, 그리고 영혼의 부활'로 살아 있음을 연결 짓는다.

김세홍 시인하면, 무지개다리의 화홍문, 고래와 달, 홍재정신의 홍재문학상이 떠오른다. 홍재정신은 '기존의 것을 답습하기보다 새로운 문풍을 개척하는 것'이다. 김세홍의 시는 언어의 기교를 부리지 않고 자기 생각과 감정을 직선적으로 표현하는 특징을 지닌다.

목숨 줄 끊어지듯

절규하는 태양
가없이 목을 죄는 시간 속에
바다는 멍든 눈 흘김으로
파르라니 일어섰다 부서진다
이별은 아름다워야 한다고

『낙조』, 부분

　　낙조는 밀물에 대응하는 썰물로 만조에서 간조로 넘어가는 시간이다 해면이 낮아지는 현상이며, 지는 해(the setting sun)의 석양과 노을이 황혼 녘에 물들어 있다. 나는 지금 서호 낙조 마을에 산다 해는 져서 어두운 데 찾아오는 사람 아무도 없다 서산마루에 쇠잔한 붉은 빛이 어리어 존재의 슬픔을 느낀다. 낙조의 참맛을 몸으로 느낀다. 시인은 지금 낙조 현상을 두고 '목숨 줄이 끊어지듯 절규한다'라고 토로한다. 처절한 표현이 아닐 수 없다. 인생에 비유하면 지는 해 잡을 수 없으니 인생은 허무한 나그네이다. 우리 주변에도 늙고 쇠잔함이 두려워 몸부림치는 이들이 있다. 낙상하면 '멍이 들고 눈흘김으로 다시 일어선다'고 한다. 낙조는 또한 '낙화와 이별'의 은유다 꽃이 진다고 바람을 탓할 수는 없다 가슴 쓰리지만, 그래도 이

별은 아름다워야 한다. 이별의 뒷모습은 결별이 이룩하는
축복에 싸여 있기에 '낙조는 몸을 불살라 땅거미 속으로
사라진다.'

모진 겨울 추위 속에서
싹을 틔운 파란 보리
꽃샘추위 속 서릿발로
부풀어 오른 보리밭
밟을수록 뿌리를
활착하며 영글어지는 생명력

『보릿고개 함께 넘던 시절』,부분

　　시인의 말대로 곤궁기에 우리는 보릿고개를 넘었다 초
근목피로 끼니를 때우던 시절이었다. 그러나 지금도 궁핍
한 시대에 사는 시인들은 정신의 보릿고개를 넘는다. 청
보리 이삭 물결치는 보리밭을 지나 불우한 유년을 지나던
눈물 어린 시절이 있었다. 오월 남녘에 청보리가 한창일
때였다 아직 여물지 않은 푸른 보리가 마치 파르라니 깎
은 머리 박사 고깔에 감춘 수행자의 내면을 살짝 엿보는
것 같다. '꽃샘추위 속 부풀어 오른 보리밭'이 '밟을수록

뿌리를 활착하여' 질긴 생명력을 과시하였다. 반드시 '모진 겨울 추위 속에서 싹을 틔운 파란 보리'라야 한다. 북풍한설 겨우내 시련과 고통을 감내한 참 보리의 맛은 오롯이 경험해 본 자의 몫이렷다.

너의 연분홍 처녀성을 알겠다
너의 바다 빛 무정함도 알겠다
물을 좋아했던 너

소란스러운 세상이 싫어
깊고 깊은 산골짜기로 들어간 너

『산수국』, 부분

산수국은 산골짜기 돌밭이나 물가에 자생한다. 시적 화지는 여기서 그와 같은 산수국의 순결을 '연분홍 처녀성'이라 비유한다. '바다 빛 무정'과 냉정함도 지녔으니 아무도 쉽게 다가가지 않는다. 그러니 꽃말은 자연히 '변덕스러운 마음'이 될 수밖에 없었나 보다. 소란스러운 세상을 등지고 들어간 그녀를 누가 탓하겠는가?

가장 낮은 곳에서
담쟁이는 벽을 오른다
…
절벽을 오른다
저 벽을 넘을 때까지
새벽이 올 때까지 오른다
…
세상의 벽을 허물 때까지 오른다

『담쟁이』, 부분

저것은 어쩔 수 없는 '벽'이라고 느낄 때, 그때 담쟁이
는 말없이 그 벽을 오른다. 절망과 좌절이란 이름을 만났
을 때, 우리가 기억하는 이름, 담쟁이. 여기서 시적 화자
도 '가장 낮은 곳에서 저 벽을 넘을 때까지 새벽이 올 때
까지 아니 세상의 벽을 허물 때까지' 계속 오른다고 의지
를 다진다. 정현종 시인은 붉게 물든 담쟁이덩굴을 보고
세상의 모든 심장의 정령들이 한꺼번에 스며들어 저렇게
물을 들여 놓았다고 노래했다지만, 김세홍 시인에게 '담쟁
이'란 오직 타고 넘어가야 할 극복의 대상이다. 세상의 불
가해한 벽을 허물고 승리를 쟁취할 때까지 오르고 또 오

르는 것이다. 마치 주를 앙모하는 자가 천성을 향하여 독
수리같이 오르고 또 올라가 그 분을 만나듯이 말이다.

아직 덜 마른 참나무 몸통 위로
도끼를 입에 문 바람이 지나간다
날 선 도끼로 열 번은 찍어야
속살을 보여주는
참나무 그루터기
…
번뇌의 시간이
내려친 도끼날에 쪼개진다.

『희나리』 · 부분

　불이 꺼지기 싫어하는 장작처럼 자신의 사랑을 잃지 않
으려고 애쓰는 모습을 표현한 구창모 가수는 한때 '희나
리'의 솔직한 노랫말로 주목을 받았다 " 내게 무슨 마음의
병 있는 것처럼 그대 외려 나를 점점 믿지 못하고 " 여기
서 불은 사랑이요. 장작은 자기 자신이다. 본문에서 '아궁
이 속 붉은 도끼피를 문 희나리'란 표현은 가히 절묘하다.
무릇 장작을 팰 때는 바탕 나무인 모탕이 필요하다 도끼

날이 상하는 것을 막아주기 위해서다 그러면 도끼질은 언제 하는가? 늦가을 무렵 장작을 패서 처마 밑 같은 곳에 겨울나기로 쟁여두었다. 자고로, 우리 마음에 꽁꽁 얼어붙은 바다는 수시로 예리한 도끼날로 뽀개 버려야 한다. 그래야 삽상한 기분으로 새로운 시를 쓸 수 있기 때문이다.

결.

　　위에서 나는 김세홍 시의 특징은 언어의 기교를 부리지 않고 자기 생각이나 느낌을 직설적으로 직파하는 특징이 있음을 언급하였다. 누군가 언어는 정신의 지문이라 했는데, 그의 작품 속에는 자신의 경험치가 고스란히 투영되어 나타난다. 그의 시적 인지 감수성이야말로 감탄사에서 피어난 것이다. 동시 몇 편과 '낙조, 보리, 희나리, 산수국' 등의 시편을 관통하는 정서는 복잡한 언어의 분규나 기교를 떨쳐버리고 내면화된 정서를 짐짓 차분하게 토로하고 있다는 점이다. 그런데도 그는 더 이상 피상적인 감정의 더께에 머무르지 않고 궤도에 오른 표현능력으로 내재율의 잔잔한 흐름을 잃지 않고 있다. 그것은 바로 원고지 바깥세상과 부단히 부딪히며 살면서 평범한 것들을 예의주시하고 관찰하는 감식안이 있기 때문이다. 다만, 리얼리즘에 입각한 산문적인 정서를 좀 더 감각적인 미학으로 다듬어야 할 필요성을 느낀다.

이만 각설하고, 어려운 여건에서도 수고 많이 하셨다 제2시집 출간을 마음으로 축하드린다.

살아있는 것은 왜 뜨거운가

김세홍 제 2시집

초 판 인 쇄	|	2024년 1월 25일
발 행 일 자	|	2024년 1월 27일
지 은 이	|	김세홍
펴 낸 이	|	김연주
펴 낸 곳	|	도서출판 성연
등 록	|	(등록 제2021-000008호)경남 창원
홈 페 이 지	|	https://cafe.daum.net/seongyeon2021
사 무 실	|	창원시 성산구 대원로 27번길 4(시와늪문학관 내)
디 자 인	|	배선영
편 집 인	|	배성근
표 지 그 림	|	〔순천만 낙조〕월당 백동칠
대 표 메 일	|	baekim2003@daum.net
전 자 팩 스	|	0504-205-5758
대 표 전 화	|	010-4556-0573
정 가	|	12,000원
제 어 번 호	|	ISBN-979-11-979561-4-0

이 도서의 출판예정도서목록(CIP)은 ISBN-979-11-979561-4-0 국립중앙도서관 서지정보유통지원시스템 홈페이지(http://seoji.nl.go.kr/)와 국가자료목록시스템(http://www.nl.go.kr/kolisnet)에서 이용할 수 있습니다.